有滋有味
我的厨艺人生

[美] 露西·尼斯利 编绘

沈丽凝 译　后浪漫 校

北京联合出版公司
Beijing United Publishing Co.,Ltd.

你的记忆方式是怎么样的?
你最清晰的记忆是什么?

我自认为我的记忆力还不错,特别是在记故事方面。我喜欢讲故事,并且会记得它们是如何展开的。

对食物味道的回忆总能不断唤起我脑中最鲜活的记忆。

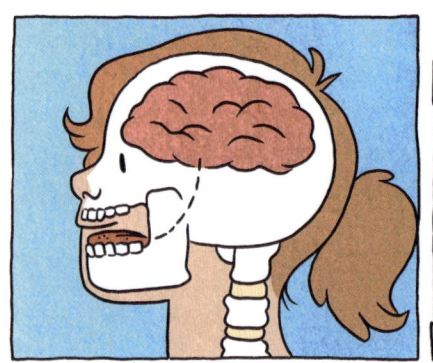

我很幸运,在厨师和面包师、吃货和美食家当中长大成人,还有值得回味的美食相伴。把我的记忆串联在一起的是我的味觉,以及从小与他人分享食物的画面。

如果不是想起各自叼着甘草条的一端、比谁先吃到串在中央的棉花糖的滋味,我又将如何记起我的初恋呢?

如果不是记得因为看不懂包装盒上的字,而同时把白脱牛奶一口吞下的那份酸爽,我又怎么会时常想起我儿时最好的朋友呢?

每天早晨吃维生素时,我会回忆起小时候吃摩登原始人儿童维生素的那种甜甜的粉状口感。那时叛逆的我故意坐得离电视很近,像吃糖一样将它们一把一把地塞进嘴里。

走在我住的芝加哥社区街头,我闻到了新鲜玉米饼和慢火煎制香肠的香气,以及长在一旁窗台花箱上的罗勒的味道,每一种都激发出了关于一段时光、一次旅行或一个人的味觉回忆。

有时候,这种有选择的记忆让人很崩溃。因为我能精确地记住一根珍爱的蜂蜜棒的外形和口味,以及将它握在我那被蓝莓染色的指间的触感。然而我的乘法口诀表早就还给了老师,让位给那些更好、更美味的记忆。

你正在读的这本书包含一系列我钟爱的故事,它们都是我在重温过往生活时绘制出来的味觉记忆。

我衷心希望你们能够找寻到对味的专属美食,并能够记住那些对你产生深远影响的品味时刻。

香料茶

SPICE·TEA

🍃 有时候也被称为"混合茶"

你会需要用到: 这是一种美味的茶饮——含有咖啡因、热乎乎的（也可以是冰的！）

这些香料都很棒，不过即便你无法备齐也能做出来。

- 香草精
- 枫糖浆 → 或1个香草豆荚
- 桂皮
- 小豆蔻豆荚
- 八角茴香
- 丁香
- 生姜（嫩的、老的都可以）
- 红茶
- 放进过滤器里 或者使用 袋泡茶
- 牛奶 或 豆奶 或 燕麦乳 或 杏仁乳
- 一个滤勺

把2~3杯水倒入一口小锅，并放到炉子上用大火煮。

咕嘟咕嘟！

加入2枚红茶茶包，或一个放满红茶的过滤器，并进行加热。

泡开啦！

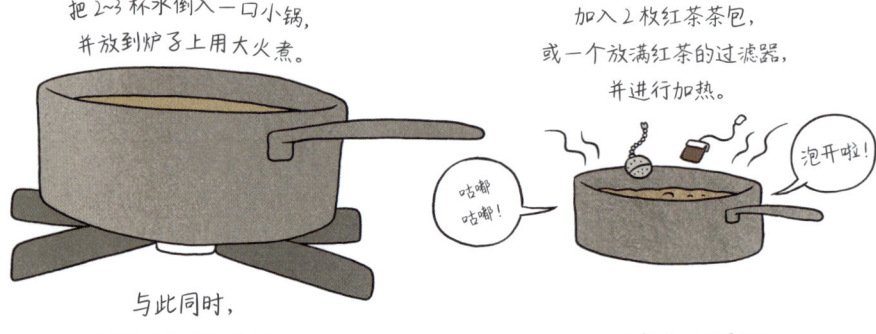

与此同时，用菜刀的侧面碾碎3个小豆蔻豆荚。

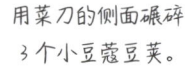

刀刃要远离手掌

嘎吱！

小心！

手指放在上面

碾磨或用刀剁出约半茶匙的姜末。

或根据情况，再增加一些，以你的口味为准。

第一章
———
厨房里的小孩

我们住在曼哈顿市中心一座既古怪又老旧的改建厂房里。

先前的住户在离婚时闹得很不愉快，导致怒火中烧的妻子用橄榄油在厨房的砖墙上写下"弗雷德·斯特尔是瘾君子和异装癖"几个大字。

我站在那里，能将妈妈的神秘调料架尽收眼底。

每天晚上，爸爸和我会为晚餐准备沙拉酱。他会站在厨房里已经磨损的砧板前，把我举起来放到椅子上。

这些奇怪的瓶瓶罐罐都是做什么用的?!

爸爸会倒上一瓶盖的卡拉斯牌醋，然后递给我，同时让我小心不要洒出来。

我会像个硬汉一样，将那杯醋一饮而尽。而爸爸也会一边皱着眉头，一边做出同样的举动。

我们会把醋跟第戎芥末、盐、橄榄油和一瓣蒜混合到一起做成沙拉酱，蒜会事先被爸爸用掌根在砧板上压碎。

我更喜欢醋的表面快要溢出杯子边缘的样子。

在我们公寓楼的拐角处,是我舅舅彼得开的店。彼得·登特小铺是位于北摩尔街和哈德逊街交汇处的一家小型食品店。这里出售各式各样的美味佳肴和自制食品。

彼得的店是一处美好的小天地:压花式锡制天花板、古典圆柱,以及装着橄榄油和酸黄瓜的巨型木桶,它们高得我都够不到顶。

彼得招募了一个由天才艺术家和摇滚歌手组成的杂牌军团来负责料理厨房。

他们中的一些人加入了20世纪80年代后期的朋克摇滚乐队,并且经常把他们的艺术事业看得比经营这个店铺更重要。

彼得当时的女友曾在纽约为许多很棒的餐厅做鲜花装饰工作。我记得当我看着她在彼得厨房的后巷里,给筛选出来的叶子喷上亮金色颜料的同时,她还随着厨房收音机哼唱起派蒂·史密斯的歌。

抱歉,小彼。我们有个现场演出……

我舅舅彼得是第一个教我吃牡蛎的人。我喜欢吃牡蛎的感觉,就像在食用冰凉的液态金属。我幻想着《终结者》中的T-1000型机器人尝起来就应该是这种味道,不过要更咸一些。

当时,彼得拿出一个装满棕色粗糙岩石的网兜,然后向我展示如何用魔法揭开它们的秘密。

他耐心地为我演示如何在洗碗巾的包裹下拿住牡蛎,然后用小刀尖端撬开它的底部。当它好不容易被打开时,只要尽量小心谨慎地不让珍贵的牡蛎汁洒出来,就是你的最终胜利。

对于当时年幼的我来说,掌握这门技术实在太费劲了。但如今,我的速度和精准度几乎可以和彼得媲美。

彼得和我会比赛剥牡蛎,一直到我们的双手麻木,衣服上沾满海水的味道才肯罢休。这几乎成了每次家庭聚会的竞赛项目。

这项传统最后演变成了每年的复活节派对。每年我的妈妈都会在她位于纽约莱茵贝克镇的家里，主办这一盛事。她会邀请她的朋友和同事过来，那时的屋子和院子里就会挤满厨师、面包师、餐馆老板和餐饮工作人员。

这顿决定性的一餐盛大且美味到代代相传，直至今日，这场年度派对已经持续举办了二十多年。

早先，在复活节派对的规模变得庞大到需要占用院子之前，我们通常是围坐在一起用餐。其中一次复活节让我印象深刻，那一次妈妈将派对的主题定为法国菜。

厨师客人们带来了超多的舒芙蕾、油封鸭，以及早上才新鲜出炉的传统法式面包。但是这一餐的最佳美食还是我妈妈做的开胃菜——炖鹅肝，下方还铺上了一层自家种的芝麻菜。

那是我第一次接触肥鹅肝（虽然当时我并不知道它是什么），
在把自己那份吃光之后，我开始绕着桌子转圈。
每经过一个座位，我都会向客人讨要他们剩余的那部分，并报以恳求的豁牙式微笑。

不过，我的童年时光并不经常花费在用勺子戳破周三的焦糖布丁上……

……更多时候，我在为别人端上布丁。

我会欣然承认，在吃这方面，我可能完全被宠坏了，但这都属于在"帮忙"。

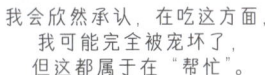

我感到自己无比幸运，我家人所做的工作能让我品尝、烹饪、体验到如此多的美好事物。

是那一大堆常伴我左右的美味记忆，丰富了我童年的滋味。

登特·家族·私家腌渍·羔羊肉
THE DENT·FAMILY·PATENTED MARINATED·LAMB

在20世纪60年代,我外婆经常会提前把羔羊肉准备好,而外公会在下班回家后进行烤制。从那以后,每逢特殊节日,妈妈家都会做这道菜。

海蒂阿姨 彼得舅舅 哈利舅舅 妈妈

我外公是个商人,也是发明家之子,他在我出生后不久便过世了。

当我的家人聚在一起做饭时——特别是在做这道菜时,我妈妈和她的兄弟姐妹便会清晰地回想起,他一边开玩笑,一边切着烤得刚刚好的羔羊肉的样子。

① 剥皮并碾碎"许多"（8~10 瓣）蒜，用它们在羔羊肉上揉搓，然后再将它们全部撒到羔羊肉和盘子上。

② 将橄榄油涂满整个羔羊肉，然后用薄荷和迷迭香在肉上摩擦，并把它们放到肉的下面。

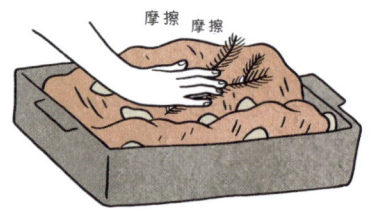

③ 将 1 杯[1] 酱油和 1 杯白葡萄酒浇在肉上。

④ 在所有食材上淋一层薄薄的蜂蜜。

⑤ 让食材在料汁里浸泡几个小时，期间进行几次翻面。

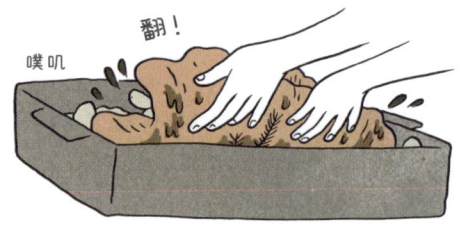

1 原文为"1cup"，这里应理解为美国的烹饪计量单位，相当于250毫升。

第二章

三间小屋·城市老爷

当妈妈带着七岁的我去纽约北部的美丽乡村居住时，我一点也不高兴。

父母离婚后我们才搬到了乡下，妈妈决定打造出一种独立而自然的生活，并把我一起拖进她那牧场小屋的幻想中。

像我这样的曼哈顿小孩，想不到竟然还有这样一个没有被分隔成街道和街区的世界。

她计划建造一个华丽的菜园，于是我们走遍了整个哈德逊谷，逛了数不清的种子和植物用品商店。

妈妈完全适应了这里，而我则在哀叹曾经近在咫尺的FAO施瓦兹玩具店。

我想象不出，对于孩子来说，还有什么是比园艺商店更无聊的地方：散发臭气的肥料和盆栽土，和一个标配的闷闷不乐且讨厌孩子的店员。

在其中一次枯燥的日常外出中，妈妈花了极其长的时间来挑选园艺手套，而此时我的忍耐已到达了极限。

我怒火中烧，冲出商店，穿过停车场来到土路上，怀揣着极大决心和魄力，高举一只手挥舞着，并大声尖叫道：

事实上，如果当时真有出租车路过那条被森林环绕的土路，我早就安全地回到纽约了。那就有她好看的了！

妈妈的菜园生机勃勃，收获满满果实：

芦笋、罗勒（用来做新鲜的罗勒青酱）、樱桃番茄，和数量惊人的西葫芦，还有小生菜、墨西哥绿番茄（一种我会把它们从藤上摘下来直接剥皮吃掉的果实，就像剥开硬糖的糖纸一样，爽脆而美味）。

菜园里属于我的部分（几乎都是由妈妈照料）种满了旱金莲花。

这些花都拥有艳丽的颜色，并且还能食用！它们能让沙拉变成色香味俱全的花园！

这朵上有条鼻涕虫！

哦，把它弄走！

对于那些妈妈没培育的品种，她会前往格雷格农场采购。

附近的一家小型家庭农场

我喜欢农场商店。在那里，我能花一美元买到一把蜂蜜棒（装满蜂蜜的封口吸管），并且一边抚摸被圈养在附近的奶山羊，一边享用它们（不太卫生哦）。

也许乡下也没那么糟……

在戴着指尖有许多小针孔的橡胶手套练习过之后，我被允许给山羊挤奶，并把乳汁倒进果酱罐中摇晃，直到形成甜蜜而软滑的黄油。

在格雷格农场的草莓丰收季，我们会在园子里采草莓去卖。

此外妈妈还会煮制一些草莓果酱，直到整座房子都香气扑鼻，那香味甚至让我处于近乎酒醉的飘飘欲仙中。

对于那些没有被我们卖掉或做成果酱的剩余草莓，我发明了富有创造性的用法。

烹调莓果需要用一口大锅在炉子上煮制，火山般的果浆变得芳香四溢，弥漫在房子中的湿润、温暖的酸甜味道，就像一条毯子一样轻附在每件物品上。

妈妈

被非常认真仔细地摆在桌子上。

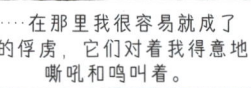

在我们适应了乡村生活后不久，妈妈开始在一个农贸市场工作，售卖格雷格农场的农产品和一些当地的奶制品。

它们不适合食用，但拥有甜甜的柑橘味，还可以做成很棒的（带香味的）装饰品。

在外出收获黄金莓时，我们采摘的地点是路边的灌木丛，或是当时还没有意识到其价值的当地居民的后院。

她的市场合伙人是一个名叫基普的男人，他向我们介绍了桑橙。

（也叫马苹果、柘橙或猴脑果。）

基普似乎知道哈德逊谷中每个可以免费收获桑橙的地点。我们在市场上卖的桑橙通常是采自他那蒙在鼓里的邻居家的草地。

逃跑用的卡车

别丢下黄金莓！

对不起！
对不起！
对不起！

桑橙树遍布哈德逊谷。它们长着非常古怪的、翠绿色的、形状似大脑的外表，大小如同西柚。

它们几乎被树的主人遗忘了，人们只有在修剪草坪时才会想起它们。

什么鬼！

我们也是用同样的方法弄到麒麟草、银芽柳，以及一种被基普称为"黄金莓"的水果，然后将它们带到市场上出售。

也被称为灯笼果，或者"印加失落的水果"。它们有覆盆子那么大，不是很甜，被像灯笼一样的外皮包裹着。

一旦他们的汽车离开，基普便会立刻溜回来，然后带着几桶裹在薄外衣里的黄色小水果逃之夭夭。

危险之莓。

就像甜甜的、黄色的樱桃番茄！

我好多了,已经让那部分城市小孩的自我逐渐适应起乡村生活,但从未达到真正农家小孩的状态——坦然接受动物的死亡已是生活的一部分。

好不容易将小鸡从叽叽叫的掌中萌物饲养成凶猛的啄人怪物,却被浣熊吃掉,我的心灵备受打击。

狗狗会把一条鹿腿拖回家,那是它从路毙的巨兽身上找到的……

……从此以后,我对它另眼相看。

还有在我不小心闯进妈妈的食品冷库,却发现邻居正用它储存最近一次打猎的战利品之后,我做了一个礼拜的噩梦。

不过,我认为这改变了我与世界的关系,还有我与自己身体以及食物的关系,因为我亲眼见证了我吃的食物并不是源自于商店的货柜。

要知道,城市里可能有精致的美食,但我很确定,曼哈顿没有一家餐厅能与妈妈做的罗勒青酱相媲美——罗勒叶上还保留着阳光的温度呢。

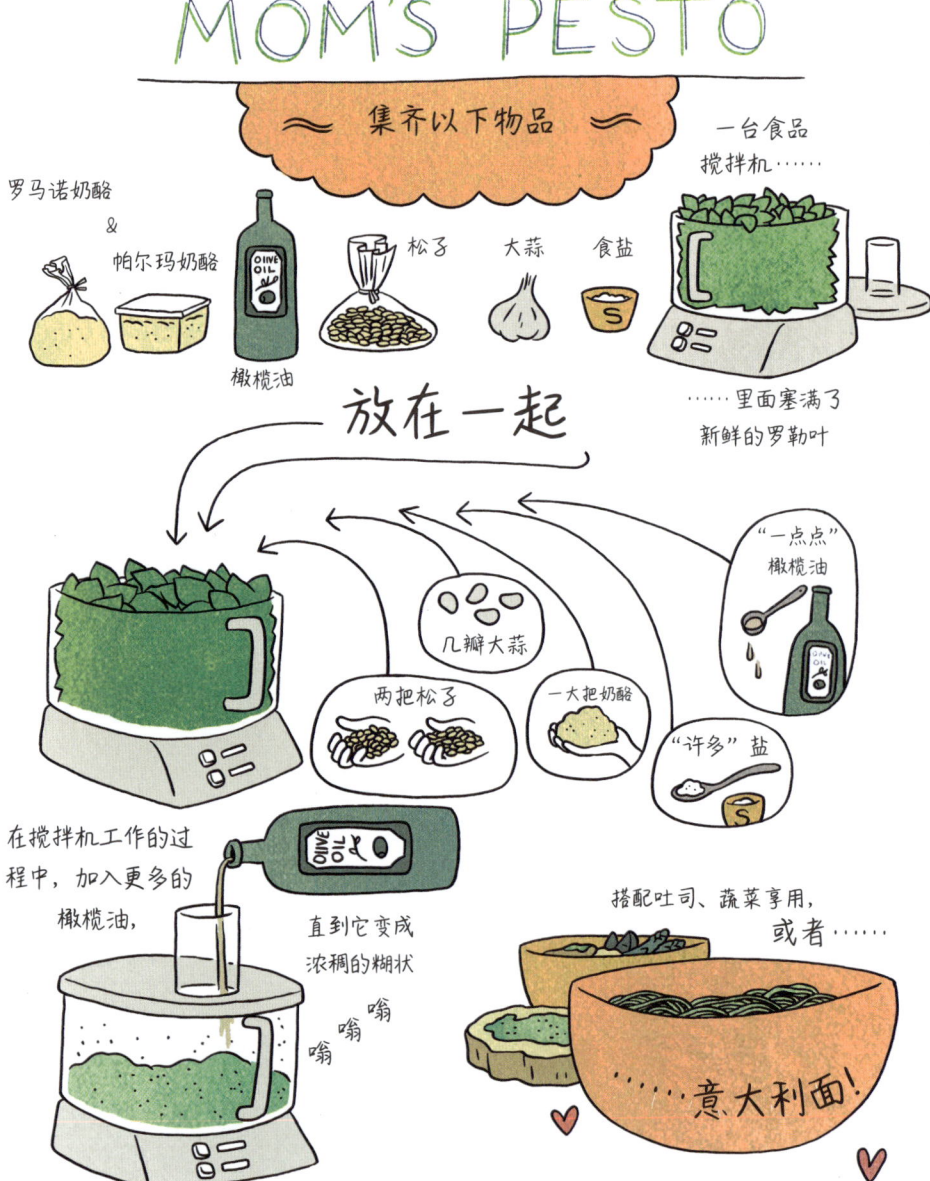

第三章

铁娘子的硬饼干

最终，我妈和我借由把它们送给毫不知情的邻居们，从而成功地精简了公鸡的数量。这些母鸡——之前被恐吓、欺压得很惨——为了表达它们的感激之情，下了许多的蛋！

妈妈试图跟上持续稳定的鸡蛋供应速度，做了煎蛋饼配炒蛋、墨西哥式煎蛋、松软的鸡蛋面包布丁、乳蛋饼和自制蛋黄酱。

在她殚精竭虑地学习美味全蛋宴的同时，还疯狂地迷恋上了烘焙，只要母鸡一下蛋，就开始大量制作甜品。

当她干活时，我就在她身边守株待兔，那里对我来说是个可以蹭到甜头的绝佳宝地，比如舔一舔黏乎乎的锅铲或还没擦过的搅拌碗。

她开始烘烤巨型的燕麦葡萄干饼干，以及香脆的蜜糖饼干，并在许可的情况下，在当地艺术电影院里出售（她至今仍在做这件事）。

她青睐黄油核桃酥饼，以及裹着杏仁粉的俄罗斯婚礼点心球。

我爱死它们了。

我想吃美味的老式巧克力饼干，但她觉得这没什么挑战性，于是我被告知：如果想吃，就得自己学着做。

因此，学习巧克力饼干的制作技术，成为了我独立下厨的开端。

我换了好几所学校——作为一个新来的小孩，我总是习惯当个边缘人。通常情况下，我会自我封闭，一头扎在漫画书里。

但当我无事可做时，烘焙成了让我忙起来的好办法。

这是一个治愈人心的仪式，它放松了我紧张的神经，并填饱了我的肚子。既有恰到好处的独立感，又有令人满足的刺激感。

送自制饼干给我的同学们也是在新学校打破僵局的好办法。

当我陷入混乱时，经常会求助于搅拌碗，我会练习蒙着眼睛去烘焙。这个举动十分治愈——它提醒我，我可能把事情搞得一团糟，但至少有一件事我是能做对的。

治愈与传统

我烘焙过：

杏仁巧克力饼

嵌有巧克力豆的波旁威士忌点心球

素食版本的巧克力饼上面撒的是角豆和枫糖浆

肉豆蔻姜饼，加上苦中带甜的大块巧克力

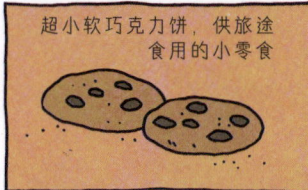

加了巧克力块的花生酱饼干

扁平的肉桂脆饼，中间部分以巧克力点缀

可可粉巧克力饼，加上97%的黑巧克力块

超小软巧克力饼，供旅途食用的小零食

加了蜂蜜的又大又松软的巧克力司康饼

带有花边的美味茶点

咸奶油硬糖和大巧克力块饼

撒了糖霜的坚果脆饼

对我来说，搭配并混合巧克力饼干原料的过程，就像看《音乐之声》一样治愈。

妈妈可能会取笑我在曲奇饼干和电影的选择上太普通或老套，但当我焦虑的时候，这就是我想要的一切。

我童年时很调皮……

（为了保证效果务必在有关纳粹剧情出现前关掉。）

曲奇饼干

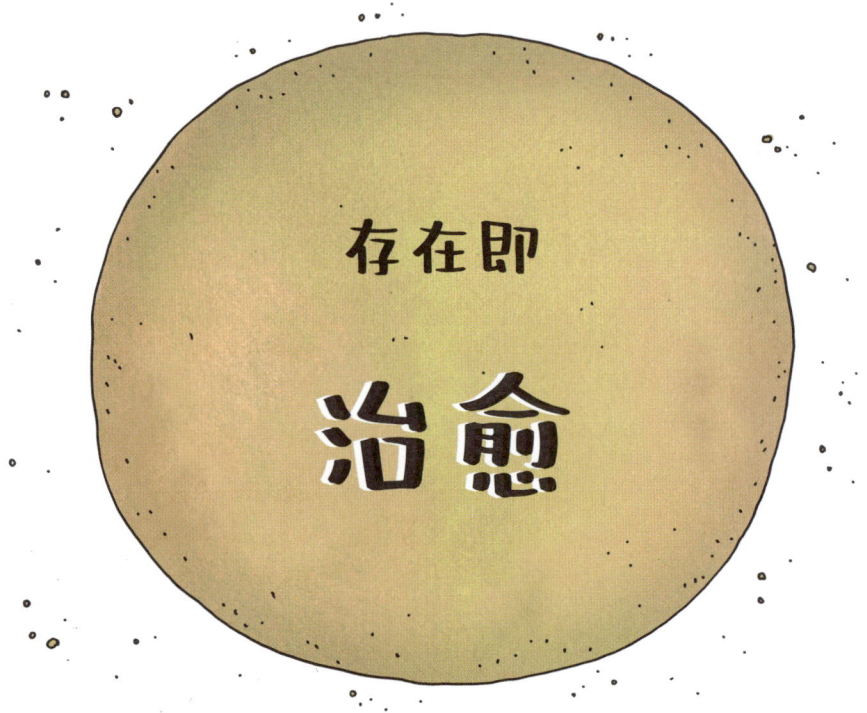

存在即

治愈

有时候,
简单的事物才最能慰藉人心。

妈妈可能会鄙视那种毫无想象力的巧克力饼，但是如果能说服她的话，她还是会做出一批无聊的曲奇饼干。

这些年以来，我不断将混着满满几勺碎巧克力的湿面团，充满仪式感地点落在烘焙纸上，然而在饼干制作手艺上妈妈还是完胜了我。

也许是因为烘焙不同于烹饪，它更像是一种精密科学。

我妈妈平稳的双手和冷静的头脑让她成为了一名出色的烘焙师，虽然她更喜欢富有创造性且自由发挥的烹饪方式。

我烘焙东西时太过情绪化，太容易受负面情绪的影响，永远无法与妈妈完美的曲奇饼干相媲美。

但我的饼干包含一种不安定的美味，那是从一个下午的混乱忙碌中收获而来的，我的情绪因烦恼被分离进了热乎乎的松脆饼干里，而得以平复。

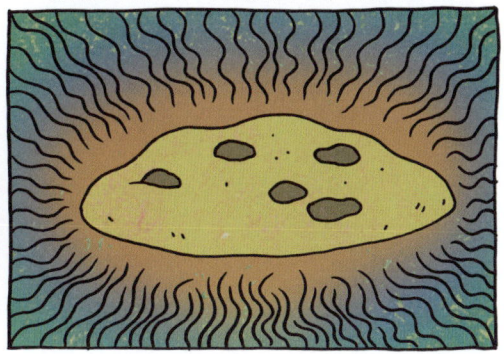

最美味的碎巧克力曲奇饼干

THE BEST CHOCOLATE CHIP COOKIES

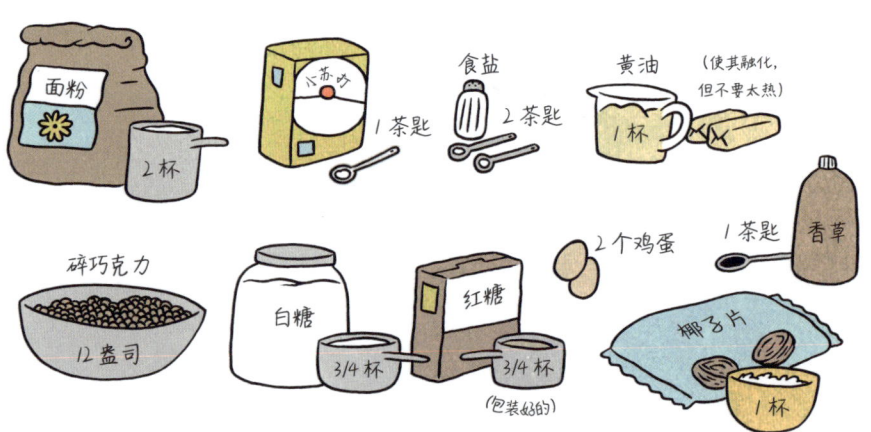

第四章

回想童年时的食品,我的同辈人想起的都是用现代科技保存完好的美食。

直到我的同学都在吃的时候,我才后知后觉地意识到这些美味的奇迹。

结果,它们的新鲜感总能对我产生致命的吸引力。

当然了,这不是我喜欢垃圾食品的唯一理由。

人们低估了它,就像我的父母,听说我为垃圾食品辩护,他们可能会气得昏过去,而且我发现自己经常会这么做。

通常情况下，我的身体都会渴望盐分和脂肪的摄入，而且对此我无能为力。

不管你喜不喜欢，人类都已经进化成了喜欢糖分、脂肪和盐分的生物。

我们中的大部分人似乎都在节制方面遇到了问题，但垃圾食品不应该被一票否决！

我从出生起就被教导要享受吃的乐趣，某类食品因被认为是不健康和廉价而被摒弃，我觉得这是一种歧视。

毕竟，有些顶级美食就是非常不健康的。

在我成长的家庭里，多数伙食都是由身为酒席承办人的妈妈来准备。 我们经常外出就餐，而我吃的大部分食物，都是根据大人的标准而被认定的"高于行业标准的美食"。

我父母一想起他们童年饭桌上的食物，就会浑身发抖。

长大后他们发现了从小吃到大的典型美式食品之外的新世界，随即与他们过去吃的加工食品一刀两断。他们还决心保护自己唯一的女儿免遭这类食品的毒害。

错过了我同学最爱的超市零食后,垃圾食品变成了我好奇和向往的对象,那是我最遭父母嫌弃的反叛行为。

对幸运护身符牌麦片的尝试,成为了我留存下来的一段特别美好的回忆。

我的初中同学乔有一个不做饭的妈妈。她总是贮备着一些适合她青春期儿子加工的厨房常备食物。

其中一大批糖分最高、口味最人工的谷物食品是我从未见过的。

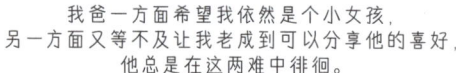

在我们楼下的广场上,咖啡馆正在供应好吃到不可思议的早餐佳肴。

但我继续一意孤行,欣然舔着嘴唇边从薯条上粘到的盐,嘎吱嘎吱地咀嚼着那熟悉的、被切成薄片的酸黄瓜,任凭黄芥末顺着下巴滑落。

等我回家后,妈妈听说了我的叛逆早餐,开始用黑化麦当劳的方式让我相信,麦当劳的汉堡其实是用蠕虫做的。出乎意料的是,我并没有被吓住。

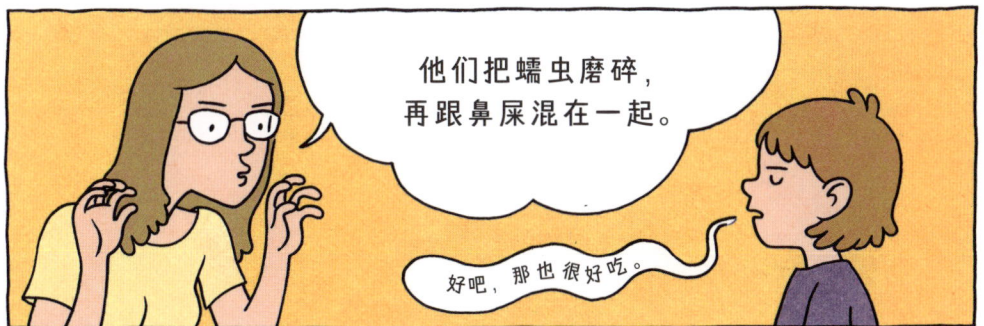

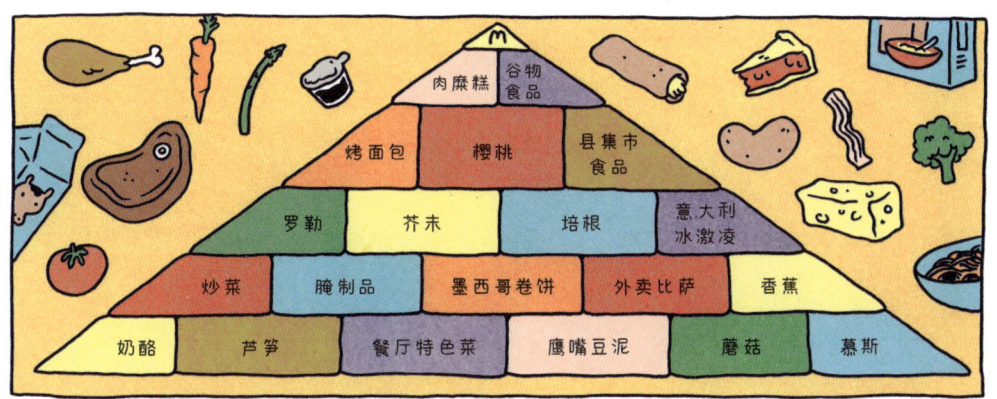

第五章

长大

过去有段日子,每当我们准备长途旅行时,我的当务之急是确保自己在整个旅途中都有足够的精灵糖可以吃。

为了加倍确保我的储备充足,我买了一百支装的彩色吸管糖。

对于德鲁来说,这种慷慨馈赠也是一项挑战:在我们抵达墨西哥前,要把一整包都吃完。

当我们在佛罗里达转机时,德鲁和我正在兴奋地嗑糖。

从20世纪70年代进入寄宿学校起,德鲁的妈妈(贝琪)和我妈妈就是好朋友。

这次墨西哥之行其实是她俩的闺蜜聚会,为了让妈妈从离婚阴影中恢复过来。

不过这样看来,我猜想,我们三个拖油瓶会十分妨碍她俩的计划。

贝琪的儿子，德鲁，比我晚一天出生。

自从他用我的头保持平衡学会走路后，我们就一直亲密无间。

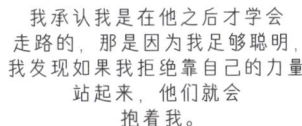
我承认我是在他之后才学会走路的，那是因为我足够聪明，我发现如果我拒绝靠自己的力量站起来，他们就会抱着我。

墨西哥之旅的那年，我们都是十二岁，是个我还没意识到要与同龄男孩保持距离的年龄。

为了避开人潮拥挤的海滩，我们停留在了一座充满艺术气息的小城，它正好位于墨西哥的中部。

德鲁的小妹妹，梅森，八岁（着实一个小大人）。

我们抵达了入住的酒店，它有一个院子，里面是橘子树和可以用来玩捉迷藏的隐蔽土坯房。

我们对它进行了从上到下、彻彻底底的考察。
（彩色糖果的劲儿还没过。）

然而，当我们到达房间时，发现我们的妈妈们正在各自的单人床上打盹，她俩没能喝完她们的第一轮玛格丽特鸡尾酒，就倒下了。

两人在假期最开始的几个小时里，就完全被流感击垮了，接下来的四天只能躺在床上，哀叹她们的坏运气。

哎哟……

呜呜呜……

没有电视，因为她们选了"老式酒店"。

于是我们只能出去自谋生路，并在酒店的厨房里闲逛了一会儿。厨师做的墨西哥式煎蛋大大弥补了酒店里没有电视的缺憾。

新鲜鸡蛋覆在黑豆、薄玉米饼和欧芹青酱上。

好心的酒店厨师玛尔塔

大约一小时后，很显然，既然我们已经连续磕了八个小时的吸管里的高纯度白糖，最好还是远离那些易碎的餐具。我俩各自得了一把墨西哥比索，然后被虚弱的妈妈们赶出了酒店。

呻吟。

快走。

圣米格尔-德阿连德小巧而奇特,然而对我们来讲则又是一座高深莫测的城市,充满了未知的冒险,令人兴奋不已。

我们住的酒店

露天市场

商店和住宅

通往众多墨西哥快餐店

土坯房的两边是蜿蜒曲折的鹅卵石街道,男人们就坐在那里抽着幽香的烟草。

食物随处可见——成串的干红辣椒被沉甸甸地悬挂着,在微风中沙沙作响。

在这些楼房中,我们发现了一排小店,
闻到了酸橙和玉米薄饼的宜人香气。

在那里,我吃到了迄今为止所尝到过的
最棒的玉米粉蒸肉。

我知道这家是最好的,
因为在我们选定最棒的
这一家之前,已经尝试过了
我们能找到的所有小店。

小推车沿街售卖的甜玉米被架在一根棍子上,
上面涂着辣酱和酸橙,辣得我们嘴角泛红。

够辣!

我们坐在尘土飞扬的路边享用着美食,
再加上冰葡萄柚汽水,
吃得我们满身、满脸脏兮兮的。

城市广场上举办了一场大型市集，我们把大部分时间都消磨在了这里。

这个市集上有很多摊位都是卖糖果和玩具的。

玩具都相当无聊，大部分都是塑料制旅游纪念品。

发声玩具

自由摔跤选手

后来被海关没收的钥匙圈

但是这里的糖果就既诱人又危险。我们将它成袋购买，体验着在渴求糖果的美好梦想下引发的全新革命。

太帅了！

有些非常美味……

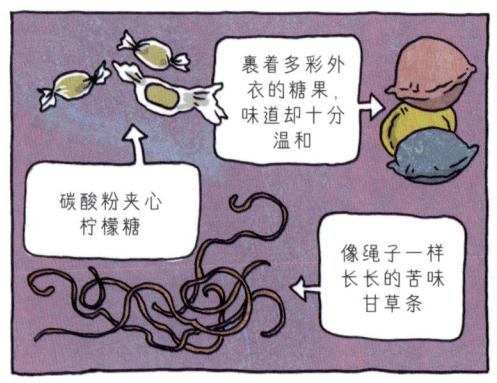

裹着多彩外衣的糖果，味道却十分温和

碳酸粉夹心柠檬糖

像绳子一样长长的苦味甘草条

……有些则非常难吃，会引起恶心和捧腹大笑。

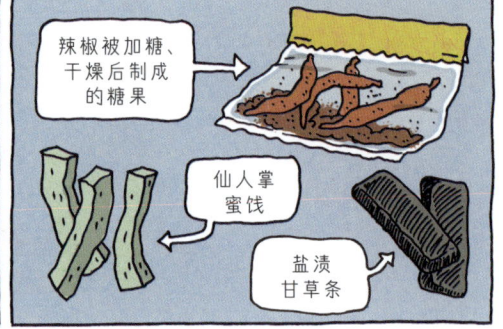

辣椒被加糖、干燥后制成的糖果

仙人掌蜜饯

盐渍甘草条

还好当地人足够友善，对我们这两个没有家长陪伴、为糖果而痴狂，且除了"多少钱"以外就几乎没有西班牙语交流能力的小孩甚是包容。

正是在探险的第二天，我们在旁边的小巷里发现了一个摊位，而德鲁将要在这里用比索大肆挥霍一番。

我们站在满满一书架的亮泽时髦杂志前，在我还若有所思地舔着难以描述的辣味棒棒糖时，却看到了德鲁那张因惊讶而呆掉的面孔。

书架上展示着大约五十本花哨的色情杂志，没有任何遮遮掩掩的意思。

我们之前只知道美国的书报摊是什么样子，那里的色情杂志都被成年人小心翼翼地保管着，每当我们出现在那一排排被严令禁止的神秘杂志附近时，就会被赶走。所以这次我们很谨慎地走上前去。

出乎我们意料的是，店主只是从书架上随便拿起一本，并把这本崭新的耀眼杂志递到德鲁颤抖的手上。

多少钱？

在接下来的几天里，当妈妈们在酒店里郁郁寡欢时，德鲁就会把钱挥霍在这数量惊人的杂志上。

为了给色情杂志腾出地方，他清空了背包里的东西：疯狂填词书、学校阅读作业和旅行时玩的海战棋。我亲眼见证他的双肩因迷恋之物的递增而竭尽全力。

1 由于作者当时不懂如何用西班牙语说"卫生巾",于是自造了一个词。

在妈妈们康复以后,我们把这次旅行剩下的时光都用在了观光上,
开车去参观古代的悬崖村落,以及泡温泉。

我们在一些不错的餐馆里用餐。食物都很美味,但那远不如我们在城里探险时发现的廉价食物。

在我们用餐过程中,我捂着肚子,喝着柠檬水(用可口酸橙、白糖和气泡水做的饮品),与此同时,
德鲁极力守护着他的背包,全程拒绝把它从背上卸下来,而当时它的重量已经轻松升至20磅了。

最近，德鲁和我像往常一样合作做饭时，讨论起了我们在墨西哥的时光。

我们经常一起做饭、谈论往昔岁月。妈妈们喜欢看着我们，并就当时发生了什么发表着她们自己的看法。

正是通过这种方式，我们才知道德鲁是多么容易受骗。

当我们的母亲说起我们在墨西哥"同时变成大人"的事情时,最让她们觉得可笑的是,当时我俩还傻乎乎地相信,她们完全不知道我们的秘密。

我们从小孩变成大人的真正转折点,是知道没有什么事情可以永远瞒得过妈妈。

当我们结束旅行踏上回家之途时,在墨西哥机场的安检通道,德鲁几乎被他的背包重量压弯了腰。妈妈们则在闲聊着墨西哥机场安检的特别之处。

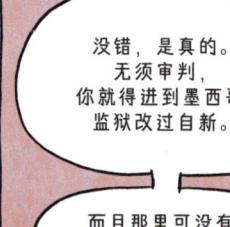

当他回来时，
他的背包已经又空又瘪了，
但他的背部却没因此挺得更直。

至少价值200美元的
色情杂志，
被匆匆地藏在男厕所的
一个马桶后面，
像个宝藏一样，等待着某个
毫不知情的清洁工去发现。

德鲁顺利通过了海关,没有被抓去墨西哥监狱,这个经历也让我们在回到美国时,变得更成熟了一点。

他很想念他的旅游纪念品,但或许那种财富还是节制点比较好。

多年以来,我们总能在回忆起这个故事时找到很多乐子。

我们都承认,这趟旅程中所蕴含的某种情感,远远超出了我们所感知到的。

不过在我看来,这种感觉就像你不小心把某些东西留在了他国,有点怪怪的。

墨西哥式煎蛋

HUEVOS

这是那种可能会让你手忙脚乱的菜，但它会是一款<u>超棒</u>的早餐（适合星期日或元旦）。

① 你将用到：

② 在平底锅里倒些油，并加热！将两片玉米薄饼的双面煎熟，只需煎到它们开始膨胀起来就行（10秒）。

然后在厨用纸巾上沥干油水。

③ 用锅中剩下的油煎1~2个荷包蛋。

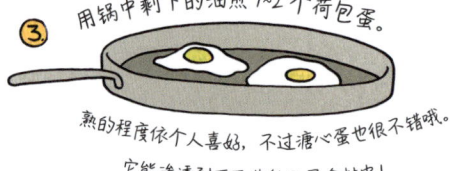

熟的程度依个人喜好，不过溏心蛋也很不错哦。它能渗透到下面其他几层食材中！

④ 在煎蛋的同时，用炉灶或微波炉加热豆子。

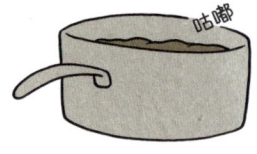

咕嘟

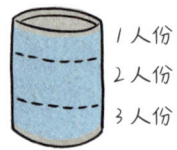

1人份
2人份
3人份

⑤ 将牛油果切块，把奶酪擦碎（我喜欢用切达奶酪或墨西哥奶酪）。

⑥ 将加热后的鸡蛋和黑豆倒出来。

鸡蛋　厨用纸巾
（为了吸干油水）　玉米薄饼

⑦ 把莎莎酱浇在豆子和玉米薄饼上（我喜欢莎莎青酱，但最后的选择权在你手上）。

⑧ 把其他几层食材组合在一起，然后享用。

食材层细节 ⟶

RANCHEROS
（分解图）

（可按需要重复多加几层。）

第六章

偏执狂

那画面看起来有点诡异:两个女人站在那里,切开一块厚厚的、撒了盐、带着血的肉——肉汁顺着我们的下巴滑落。

我们会吮着蘸过肉汁的手指,舔着嘴唇,发出满意的叹息声。

有时候,我们会做炒菠菜。我们将几把新鲜菠菜,丢入备有橄榄油和大蒜的大锅中,将菠菜炒至渐软、变色后出锅。

然后我们就这样将它们盛在大碗里,当作晚餐开吃啦。

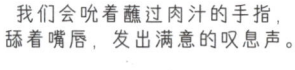
正在看电视剧《安东尼娅家族》

当我们在菜园里忙活时,我会捕捉到她正在咬一颗刚去了皮的新鲜墨西哥绿番茄的时刻,绿色的果肉发出轻微的嘎吱声。

我更喜欢甘甜、不起眼的红色樱桃番茄。

但最终,墨西哥绿番茄也变成了我的最爱。

女人的身体渴求对蛋白质和铁的补充。 我长大后也有了与母亲相同的偏执——那是我继承下来的身体化学反应的需求。

在我的各种偏执中，有多少是后天养成的习惯？又有多少是继承在我细胞中那些不受控的需求？ 事实上，这是基因的关系，还是我从小到大饮食习惯的遗留产物，又怎么分得清呢？

在思考这件事时我就一直很好奇，妈妈甚至可以在我提出要求之前，就会在我面前摆上一盘用盐、大蒜和橄榄油炒制而成的清炒蘑菇。那是一盘陌生且不同以往的菜肴，却正是我所渴望的。

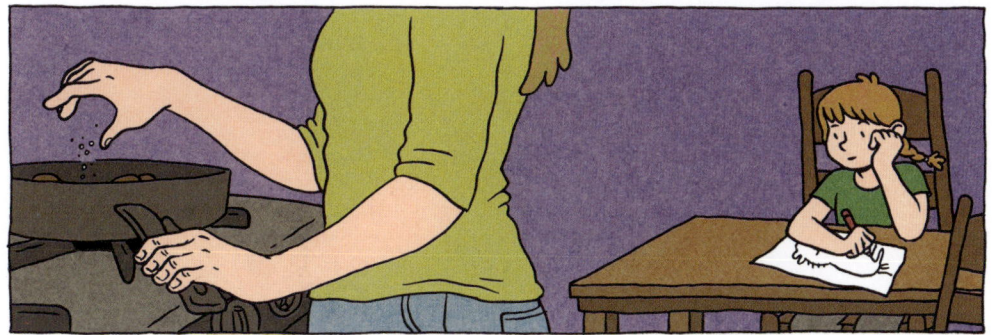

妈妈的蘑菇烹饪秘方

买蘑菇啦。

在食品店你可能会找到白蘑菇。
别名：口蘑、迷你小圆蘑或小褐菇。*

* 它们会有些许不同，但也十分相似。

但在农贸市场……

你会发现各种各样的蘑菇，比如

大褐菇　　羊肚菌　　鸡油菌

或者我的最爱：

香菇

你绝对不想去洗那些蘑菇。

它们就像小海绵，因此它们会吸收水分，并变得湿答答的（恶心）。

如果它们真的很脏，只要用一块湿布（轻轻）拍打它们，然后把它们稍微晾干即可。

湿气退散！

我并非经常清洗农贸市场买回来的蘑菇，因为我不介意那一点点污垢。

唔

但一定要检查有没有虫子！

不过言归正传，

把它们晾干

这点非常重要，这样才能炒得好吃。

现在把它们放置一会儿。它们会吸收油脂，锅也会随之变干，接着它们就开始

这是一个好现象！就算蘑菇开始有点冒烟了，也不要再加橄榄油或黄油进去——只要调至小火，并看着蘑菇开始渗出水分。

当它们开始变成褐色时，翻炒并晃动它们。

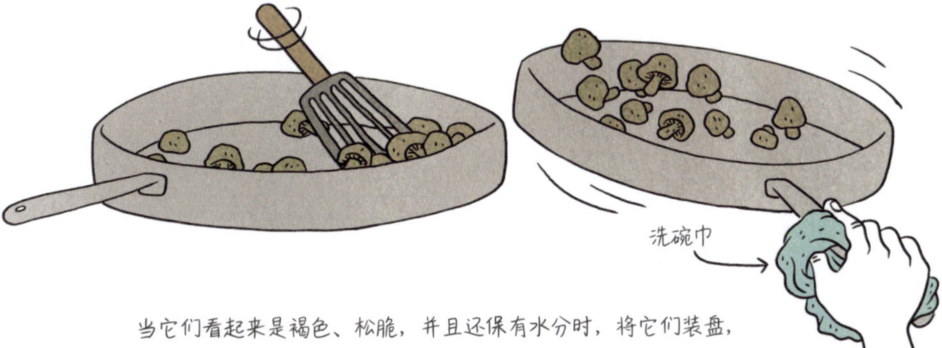

洗碗巾

当它们看起来是褐色、松脆，并且还保有水分时，将它们装盘，再撒上盐和胡椒！

用手拿着吃是最棒的啦！

第七章

外国大豆

如何做寿司卷

SUSHI ROLLS

寿司做起来会比看上去要容易哦!

它也是非常健康的食物,而且自己制作比直接买来的要便宜很多。

另外,它制作起来很有意思,你为朋友们准备寿司的过程会给他们留下深刻印象。

这个菜谱是美式素食版的寿司卷。

我做过很多寿司,因为一个热爱寿司的漫画家很快会变成一个破产的漫画家。

我用到了番薯、牛油果,以及黄瓜……

……不过把诸如生金枪鱼、炒蘑菇、葱,或其他任何你喜欢的食物放进寿司里,效果也很棒!

在这里要感谢我的艺术老师温蒂,她是第一个教我做寿司的人!

你会需要

卷起前 / 卷起后 / 可以当帽子戴

一张卷寿司的竹席

富贵花 — 寿司米(不能只选用常规大米)

紫菜薄片或海苔 — 海苔

一个番薯 / 一颗牛油果 / 一根黄瓜

另需:

一把锋利的小刀

腌渍生姜*

面粉

清水

芝麻*

酱油

鳗鱼汁*(相当于等份的酱油、味淋和白糖的混合物)

芥末

玉米油

筷子*

*为可选项

用锅或电饭煲将饭煮熟。
（这通常需要大约45分钟。）

你可以在煮饭前把大米放在滤网上，用冷水冲洗一下，这样能使米饭更有黏性。

煮饭时的水和大米的比例已注明在了米袋上。

所以煮制时间请根据你选购的大米品牌而定。

一旦饭熟了，就等米饭冷却下来！我是认真的。照着做吧。

嗳，但我现在很饿啊！

很遗憾。

替你难过。

与此同时

将番薯去皮，并切成细长条。

切生番薯时，那味道闻起来就像是花朵！

热 油

在大号深平底锅中

大约有一英寸深。

不要用橄榄油来炸。它只能在稍低的温度中使用。

将面粉和水混合到一起，调至糊状。

面粉 = 在一个碗里

食盐 胡椒

把番薯条丢进去，并将它们均匀裹上面糊。

然后将裹着面糊的番薯条在油中炸制。

滋滋

炸至酥脆

然后把它们放在一张厨房纸上，吸去多余的油脂。

将牛油果和黄瓜切成薄薄的长条。

现在就来做寿司吧!

装备
一碗清水
一杯饮品*
蔬菜
米饭
海苔
涂抹铲
刀具
竹席

把海苔放到竹席上(海苔的光面朝上)。

将米饭均匀地铺在海苔上,大约铺半英寸厚,在海苔上端留出1.5英寸的空间。

把蔬菜横放在米饭铺面上。

在水碗里将手沾湿,并把水抹在露出海苔的部分,这样它就会变得有黏性。

* 超级可口 **寿司佳饮**

加冰 — 塞尔维亚苏打水 — 姜碎 — 枫糖浆(依喜好添加) — 酸橙 — 如果你还喜欢 依喜好添加 — 朗姆酒No.1 或 伏特加

以下步骤需要进行一些练习

将竹席靠近你的那一端掀起。

把海苔的末端折过来压扁,并折叠到米饭上。

然后把竹席向后卷过来,这样它就不会被卷进你的寿司里了。然后用它小心地卷动你的寿司。

(卷寿司,卷竹席,然后挪动寿司或竹席,再重复上述步骤。)

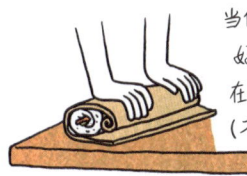
当你的寿司都卷好后,把它放在竹席里压紧。(不要太用力!)

如果这个卷大到海苔包不住,你就不得不拿掉一些米饭或蔬菜了。

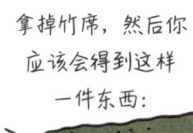
拿掉竹席,然后你应该会得到这样一件东西:

接着用湿布把刀具的刀刃沾湿。(小心哦!)

你的刀具越湿,就越容易切开寿司卷。

你可能需要反复把刀具沾湿。

不要直接切,你会把它弄扁的!

前后滑

嗒 哒!
搭配酱油、姜末、芝麻和鳗鱼汁一同享用!

剩下的黄瓜可以加入米醋和芝麻油凉拌。

第八章

有爱吃奶酪的母亲,

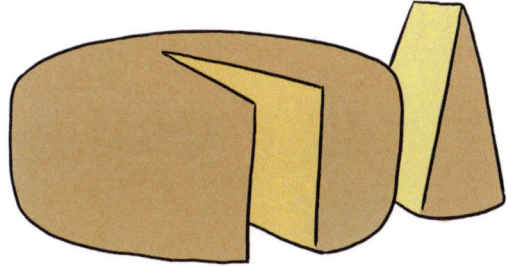

必有爱吃奶酪的女儿

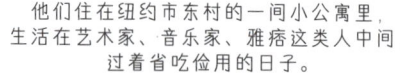

在20世纪70年代末,我的父母搬到了纽约市。自从搬到布鲁克林区以后,他们过上了那种曼哈顿式生活。

他们住在纽约市东村的一间小公寓里,生活在艺术家、音乐家、雅痞这类人中间,过着省吃俭用的日子。

爸爸进入了商界,而妈妈则在考虑她毕业后的去向。

刚刚离开学校,她对美食的世界充满好奇。

有一天,她在这座城市里闲逛的时候,走进了一家小小的美食店,名叫"迪恩与德卢卡"。

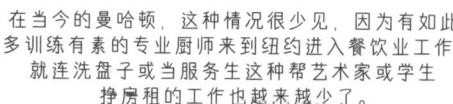

厨房里都是专业人士,这当然是件好事。但也可以说,缺少了来自其他领域富有创造力的人才,餐厅也将错失某些东西……

当妈妈开启职业生涯时,纽约还在为"美食朝圣地"这一美名建立声誉。那时它与如今这座城市迥然不同。

我喜欢听她讲以前的事:关于萌芽中的食品革命,以及现在很出名的餐厅厨房背后的故事。

我如此喜欢这些故事的另一个原因是,她就是在那时怀上我的。

她描述了她是如何把一个巨大的格鲁耶尔奶酪轮从冰柜搬到案板上的,当她把奶酪置于隆起的腹部上时,顾客们都为之侧目。

接着,她推断出就是在那时对我产生了一些影响——我大概是从娘胎里就被灌输了对奶制品的热爱。

大约在同一时期,她也在惠特尼博物馆当志愿者……

并在农夫市场经营摊位出售商品。

在所有上述过程中,她还会去画画。

我不得不承认,到目前为止,我所做的事情足以证明她的胎教理论。

我的第一份"工作",是在三四岁的时候,在农夫市场给我妈妈打下手,
这个市场会在整个曼哈顿和布鲁克林地区举办。作为一个城里孩子,我爱上了干草和苹果的味道,
还有巨型南瓜,这些看起来与我的世界是如此不同。

在爸妈分手之后,我跟随妈妈从北部搬到乡间居住,那时我被招募去她新开的餐饮公司帮忙。
它不久便因承办前曼哈顿人,或是前来度假的城里人举办的聚会和宴会而声名鹊起。

妈妈偶尔会帮忙给著名摄影师安妮·莱博维茨的大型拍摄任务提供餐饮。

有一次,她为凯特·哈德逊拍摄《名利场》杂志的封面,那是在一个泥泞的雨天,我在一旁端着茶和奶酪拼盘随时待命。

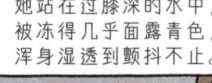

莱茵贝克农贸市场的突然成功，让那些直取自农场的当地新鲜货品出现在大众视野中，这个小镇也因此开始吸引周边城镇居民的注意。随着莱茵贝克镇的文化与经济的增长，这里也发展为哈德逊山谷的艺术与文化中心，"食客之城"这一美誉更是实属当然。

在农贸市场，我们开始出售一些从当地手工奶制品厂带来的奶酪。（哈德逊山谷是有机乳品之乡，许多很棒的小型农场都坐落于此。）

十六岁的时候，每周我都会驾驶着我那辆快要散架的破车跑遍卡茨基尔山，光顾各个小型农场，收取我们订购的货品。

荨麻草原是个迷人的小型山羊农场，也进行动物救助，并为它们提供栖所。这一家的奶酪宣传语是："快乐山羊，优质奶酪！"

老查塔姆是一个家族式牧羊场，是哈德逊山谷最成功的农场之一。

但我最爱的一家是斯普劳特小溪农场，它是由农民修女经营的！

无论何时我过来取奶酪，这里总会举办一些热闹的蜂蜜节或热气球活动——经常会有一些城里的孩子来跟山羊玩，或者是一些投资银行家带着家人来学习如何给母牛挤奶。他们的奶酪是我见过最好的一种。

在我离开家去读艺术院校之前,我帮妈妈承办的最后一场活动,是给位于比肯镇的狄亚艺廊做开业接待工作,那是建在哈德逊河旁的一家现代艺术博物馆。

由建在河岸上的废旧工厂改建

客人们在这个刚被粉刷过白色墙壁的画廊中闲逛。
除了几件在建造时就被装饰在一起的作品,
还没有什么艺术品进驻到这座庞大的建筑物里,
当下所有声音都在这个拥有高高天花板的空旷房间里回响着。

待祝酒环节开始,
且开胃菜全部被分发完之后,
我就溜出去一探究竟。

在供应刺身和酥皮蘑菇前的几分钟空闲时间里,我徘徊在这个空荡荡的博物馆里,思考着艺术。

等到秋天,我就要收拾行李,离开家去往芝加哥的艺术院校,为此我很紧张。

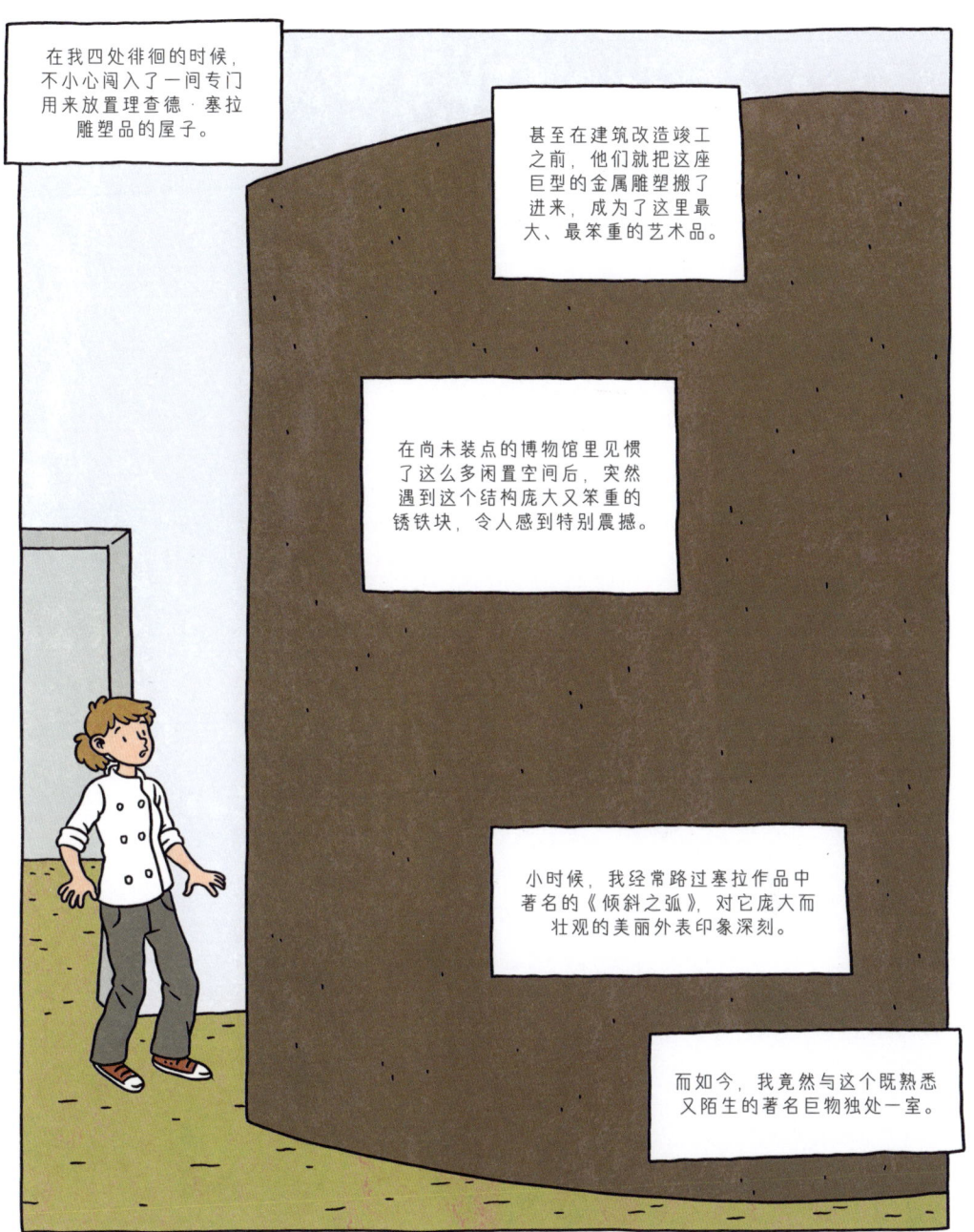

在芝加哥当美食家是一段美好的时光。

这儿过去一直是个务实的城市,但如今它的餐饮业已经变得更加多样。

许多富有创造精神的厨师,和很棒的新餐厅陆续落户在这个中西部城市,餐饮业也随之稳步发展。

等到毕业时,我已经将芝加哥看作是一个充满美食乐趣的繁荣饮食之都,并对这里了如指掌。

其中一个乐趣是福克斯和奥贝尔的店。

这家精品食品店是由两个热爱美食的律师创办的,初衷是想趁着这股芝加哥美食淘金热来积累些财富。

这是我在城里最喜欢的地方之一,里面弥漫着充满异域风情的美味香气,在这里,我能被十五年橡木桶陈酿意大利香醋所治愈,让我在紧张的期末考试期间稍得慰藉。

在毕业的那周,我对我即将毕业获得艺术学士学位的状态感到焦虑,于是我想去福克斯和奥贝尔食品店,买一大块抚慰人心的洪堡雾山羊奶酪。

像我这种人,在纽约找工作或许是天方夜谭,但对于芝加哥这种正在经历饮食复兴的地方来讲,还是会有一些机会给像我这样的小孩。

在收银员给我结算奶酪时,我索要了一份职位申请表,并在几天之内就收到了面试通知!

几天后,我就穿上了一本正经的员工服站在了柜台后面,和妈妈三十年前穿的是同一种款式。

身处在几百种奶酪之中,品尝着陌生的种类,学习使用刀具和包装纸,这种感觉很放松(并让人难以抗拒)。

我的工作伙伴是一群音乐家、艺术家、演员和学生,他们都带着私心来这里谋得一职,只因他们也无法抗拒自己所热爱的美好食物。

就这样,伴随着澳大利亚菲达羊奶酪、英国脆皮切达奶酪和厚重质朴的蓝纹奶酪的宜人口感,我便从校园过渡到了"现实世界"。

我最爱的一道小食是把温热的坎特尔奶酪(一种中等硬度的法国野餐奶酪)放在松脆的面包上,面包是从面包房每天淘汰的滞销品里偷拿的。

每天，我都会骑自行车去上班，途经香气怡人的巧克力工厂，融化的巧克力散发出一阵阵醉人的味道，飘散到空中，馨香馥郁。

有时下班后，我的男朋友会到店里来接我，我们会用我的员工折扣买些奶酪，然后到湖岸来一次野餐，那时夏日的欢乐氛围在我们身边沸腾着。

这座城市有太多时间处于寒冷和雨雪交加的天气，美丽的夏日便会显得特别甜蜜，并不由得为它的弥足珍贵和偶来的惊喜而庆祝一番。

正如一份稀有而昂贵的佳肴对于一个穷大学生的意义一样。

比如说，我最爱的奶酪之一，**坎特尔奶酪**，可以做如下分类：

- 它由奶牛的奶制成，而且是生奶（未经高温消毒）。
- 它的熟成期在六个月到一年。
- 它是一种窖藏奶酪，外皮由布包裹。
- 它是中硬奶酪，并且较易融化。（烤奶酪！）

除此以外，它也是一种法国奶酪，一种冬季奶酪（奶牛是用干草饲养，而不是鲜草），而且随着它的熟成，它的颜色、质地以及口味都会发生改变。

知道为什么如此复杂了吧？

我很复杂。

但也很了不起哦。

好吧，不管怎样，分类就讲到这里吧。

我学到的六件关于奶酪的惊人事实：

高山奶酪之所以被做成轮子的形状，是因为它们在山上被制成之后，就能被滚着下山了。

耶咿！

许多奶酪都不是素的。被称为"凝乳酶"的凝结剂是用动物蛋白制成的，不过也有植物性凝乳酶。

请给我来一块含植物凝乳酶的奶酪！

熟成奶酪会分解掉乳糖，因此大部分熟成奶酪可供乳糖不耐受症人群食用！

 好消息！

熟成过程也能杀死大部分具有潜在危险的细菌，因此不用太担心由生牛奶做出的奶酪！

大部分奶酪的外皮都是可食用的——甚至很好吃！但那也是你最容易碰见李斯特菌或奶酪蛆*的地方。

想证明你是个硬汉…… ……就来吃我的皮吧。

*会使奶酪氧化的虫子。

蓝纹奶酪是一种带有霉菌的特殊类型，所以实际上它会将霉菌传播给其他奶酪！

就像一个僵尸奶酪哦！

但不是所有带纹理的奶酪都是蓝纹奶酪。

灰奶酪　罗勒青酱奶酪　胡椒奶酪

由于欧洲奶酪的普及，导致他们的许多奶场都产量过剩，奶酪质量也受到影响。许多美国奶场依然保持小型规模，并且产品质量出色。试试它们吧！

你会成为行家的！

第九章

再遇可颂面包

在我作为大学新生入学后的第一年夏天，我和我最好的朋友奈莉买了欧洲铁路通票，来了一次欧洲背包游。

我们没什么钱，但我们并不是特别在意。

我们在便宜的旅馆留宿，并且将仅有的一点经费都用在了博物馆和食物上。

我们吃得很好，并且深知在接下来的几个星期，我们都将靠吃拉面和热狗度日。

在这次旅行中我记住了太多美味佳肴，但在我记忆中，没有什么可以与威尼斯一家小面包房的可颂面包相媲美。

我们住的威尼斯旅馆地处于一个奇怪的小地方，旅馆里的地毯交叠在一起，运河的味道会向上飘进我们的卧室窗户。

他们的热水水龙头需要收费，所以我们洗的都是冷水澡，所幸那是个温暖的七月。

第一天早晨，我可以闻到盖过了运河青苔味的面包房香气。

奈莉通常都会比我晚起一些，于是我独自出去一探究竟。

面包和巧克力的香味随着一阵阵令人陶醉的热流，从面包房飘散过来。

店里面，一排排刚出炉的可颂面包闪闪发光，纵使这是个让人透不过气的闷热清晨，此刻也只剩下迷人芳香。

我买了两个,拿来给奈莉和我当早餐吃。 我选择在旅馆的台阶上吃我的那一份,这样我就可以一边吃,一边看着贡多拉上下浮动的样子。

谢谢。
不客气。

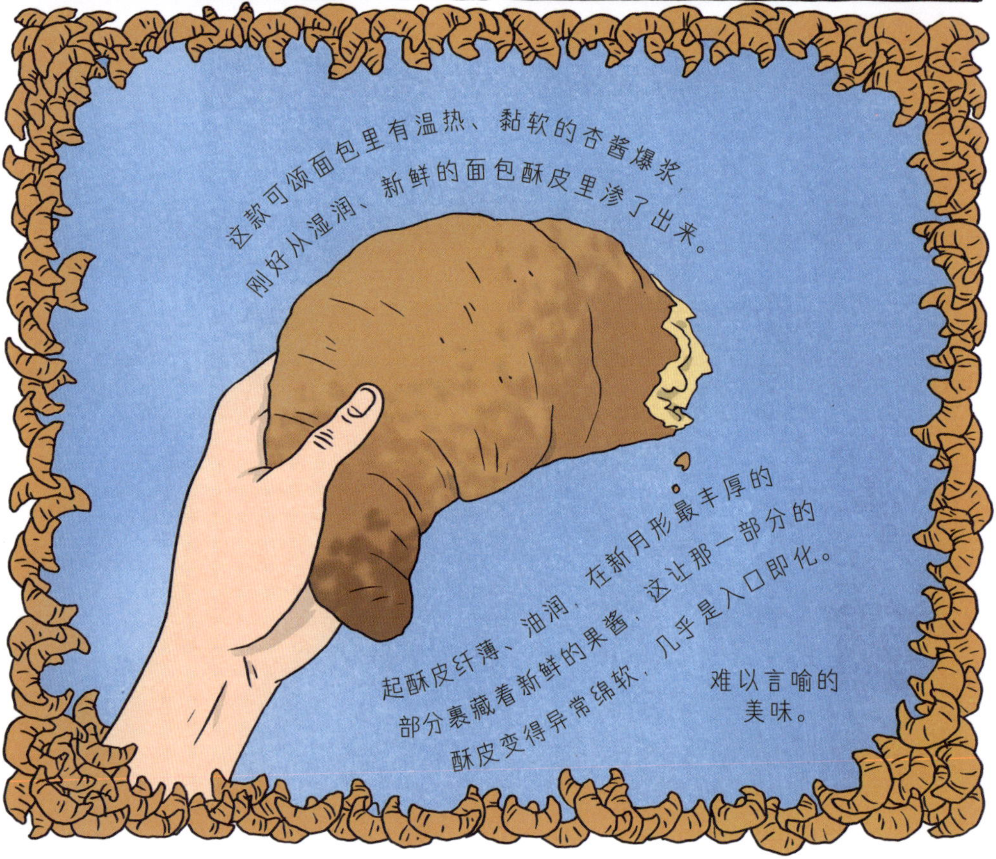

这款可颂面包里有温热、黏软的杏酱爆浆,刚好从湿润、新鲜的面包酥皮里渗了出来。

起酥皮纤薄、油润,在新月形最丰厚的部分裹藏着新鲜的果酱,这让那一部分的酥皮变得异常绵软,几乎是入口即化。

难以言喻的美味。

我的渴望变成了沉迷。有好几个星期，我试图重现那种可颂面包，尝试了一个又一个食谱，却毫无结果。

奈莉下班回来，会发现房子里每个可以放东西的地方，都铺满了正在冷却的可颂面包失败品。

我永远都做不好它——在我们没有空调的公寓里，炉子里散出的热气让我神志不清，而我的失败也令我灰心丧气。那种难得的味道是不可企及的。

几周后，奈莉阻止了我周而复始的尝试，谢天谢地。

我不情愿地把自己的追求暂时放到了一边。

然而，这些可颂面包的神秘美味依旧在我脑中挥之不去。我怀疑我在芝加哥缺少的原料，恰好就是我在那个远离家乡和学校的古老水城时，每个散步的清晨，我对于可能发生之事的希望与喜悦。

再者，也可能是那臭烘烘的运河水对它产生了什么影响。谁知道呢？

我还在思念着它们，特别是在夏日时光：金黄而轻盈，配上甜茶和黄油，剥落的酥皮将里面的黄色果酱显露出来……就像在品尝威尼斯的日光。

因此，也就是说，抱歉——没有可颂面包的食谱。
那么作为替代：

 ## 西班牙桑格利亚汽酒

这个食谱怎么样？

红酒
（或葡萄汁）

气泡酒
（或气泡苹果汁）

柠檬

苹果

桃子

橙子

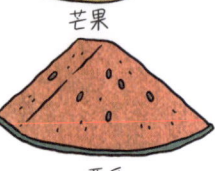
芒果

西瓜

（根据时令，挑选你能找到或喜欢的）

第十章

与宙斯
和
德墨忒尔
共进晚餐

对于一个声称热爱美食的人来说，爸爸的冰箱空得诡异。

但他却是调味料之王，他的食品储藏柜里放满了装着粉红胡椒、昂贵的芥末和各种美味调料的瓶瓶罐罐。

他更喜欢被人服务——在一家很棒的餐厅享用出色美食，再来一杯用台面镀锌酒水车推过来的红酒，就更完美了。

我父母离婚后，他选择留在纽约市是件幸事。他只需抬脚转过一个街角，就可以抵达附近几百家餐厅中的任何一家。

当妈妈在乡下找到了有关食物的种植与培育的新方法时，父亲却让他的厨灶积灰。

爸爸欣赏美好的事物：美酒、好书，以及精心准备的美食。他活得逍遥自在，偶尔会入不敷出，但他总是能吃得很好（并把我喂得很好）。

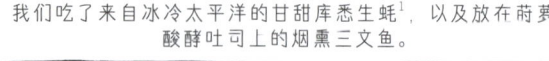

1 库悉生蚝，原文为Kusshi oysters，盛产于加拿大不列颠哥伦比亚省，英文名中的"Kusshi"源自日本语"屈指（くっし）"，有"第一流"之意。这里音译为"库悉"。

夏日酸黄瓜食谱

① 从妈妈的菜园里摘一筐小黄瓜（小心鼻涕虫）。那些大约有你手掌那么长的绿色小家伙最适合用来做酸黄瓜。

② 清洗掉上面沾到的尘土，然后施以刺刑——用刀在每根黄瓜上扎好几次（这更易于吸收卤汁）。

下一个就是你！

③ 将以下原料混合在一口大锅里：
1/2 加仑苹果醋
1/2 瓶酸黄瓜香料
1 茶匙芥末粉
1/2 茶匙或一小根莳萝
1/2 颗洋葱（剁碎）
2 汤匙食盐

④ 文火慢炖，然后把黄瓜丢进去（不要真的丢它们哦）。

扑通

盖上锅盖，让黄瓜在卤汁中入味吧！

据说在卤汁里加入一些葡萄叶会让酸黄瓜更爽脆哦！

⑤ 用中火煮（盖上锅盖）15~20分钟（做好心理准备，这会让你的房子里有一股酸黄瓜味）。

⑥ 把混合物倒进一个巨大的陶瓷缸里，就是你的妈妈已经用来装勺子的那种。

酸黄瓜！

⑦ 放置24~36个小时，然后尝一尝味道。

⑧ 把这些小宝贝藏在玻璃罐里！

露西的酸黄瓜

你们腌好了吗？

在妈妈和爸爸婚后不久搬到纽约市的时候,妈妈就认定他们的迷你公寓是学习**腌制万物**之道的最佳场所。

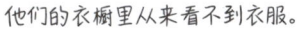

迷你公寓里的巨型腌菜坛

他们的衣橱里从来看不到衣服。

我们的血液里流淌的是酸黄瓜汁!

然而,妈妈从来没有参透外婆的配方。也许在某一天,我会是成功做出来的那个人!

第十一章

当糟糕的食物
遇上对的人

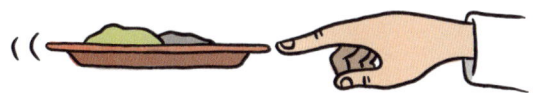

熟悉我或者妈妈的人，有时候会担心带我吃东西这件事，别人请我吃饭时，总会以如下方式开场：

在如今五花八门的美食菜谱中，许多人对于什么东西好吃这一点非常自信，可也有太多的人根本不在乎食物本身。[1]

妈妈总是为陌生人做饭，因此她对于在家做饭这件事并不是很感兴趣。

因为妈妈是个专业厨师，并且她的厨艺已经成了传说，朋友们便会猜测我在食物方面被宠坏了（这或许没错，但不是他们想的那样）。

在家中的寻常夜晚，我更多时候是在她承办宴会后打包回来的剩饭剩菜中吃自己想吃的，或是和她站在厨房料理台前，靠吃花园里采来的樱桃番茄代替晚餐。

所以当有人做饭时，对我来说就是件大事。我喜欢有人给我做饭。

[1] 原文为"give a fig"，有"满不在乎"之意，其中"fig"直译为"无花果"。

当吃饭变成一种注重给予和分享的行为时，我喜欢接受款待，并享受吃饭的乐趣。

好餐厅会以这种慷慨且富有创造性的方式营造出这个氛围。
不好的餐厅至少会试一试。

那些声称"食物只是能量来源"的朋友让我感到困惑和好奇。

我的表弟无论过去还是现在都是个挑食的人。

挑食者的世界太惊人了！

这些故事让我领会到自己吃过如此多的美味佳肴，并且竟会有这么多不同的饮食喜好。

我对食物的热情或许让我在朋友们的家长中小有名气……

唯一可能让我拒绝某顿饭的原因是里面加进了……
卡夫奇妙酱：
它被定义为味道杀手，会毁掉**所有**食物。

但是我不喜欢某一餐的情况十分少见，只有一些例外：

在读研究生的时候，我的朋友兼同学马克当时正在学习做饭。

他从没离开过妈妈做的饭，但最终，他不得不学习如何填饱肚子。

据我所知，他是靠着非常典型的研究生餐标来维生。

但马克想吃真正烹调出来的饭菜。

不幸的是,他的菜谱来源是互联网:在如此数量庞杂、未经编辑,且带有个人口味喜好的集合中,看不见任何有关重要步骤的具体指导。

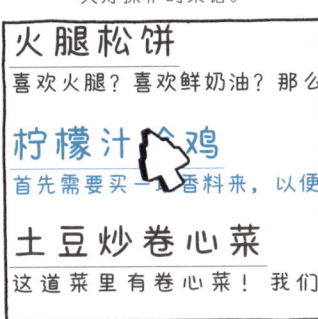
他没想过去找优质烹饪书或靠谱的食谱网站,只是随机点看网页,直到发现一些看起来不错又好操作的菜谱。

从这项实验得出的一系列菜品成果,也将作为警世故事而成为传奇。

其中公认最糟糕的则是"柠檬汁烩鸡",它就这么轻而易举地成了我吃过(尝试去吃)最差的菜。

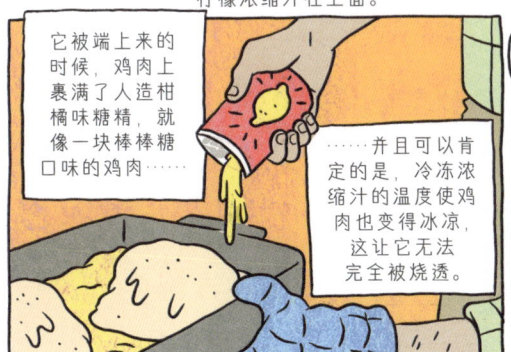
这道菜包含至少十二种昂贵且再也没被使用过的香料,在烹饪过程中还反复铺洒冰冻柠檬浓缩汁在上面。

除去这顿难忘一餐中不尽如人意的部分,我还是愿意有人为我下厨的。无论是吃朋友准备的食物,还是为朋友准备饭菜,这其中的快乐远比那些糟糕的味道更能让人记忆犹新。

在给别人做饭时,往往越简单越好。过多的香料或复杂的原料反而会毁了优质食材。只需记住以下三大法宝:

马克做了一次勇敢的尝试。成为一个好厨师并非难事,就算你没有天赋,但知道一些窍门总会有所帮助……

四个超棒的窍门

在你烹饪时,请记住:

1. 在首次公演前排练一下

如果你打算做点特别的东西,提前练习一下可以确保你熟悉步骤,了解需要做出哪些改进,以及需要花费多长时间。

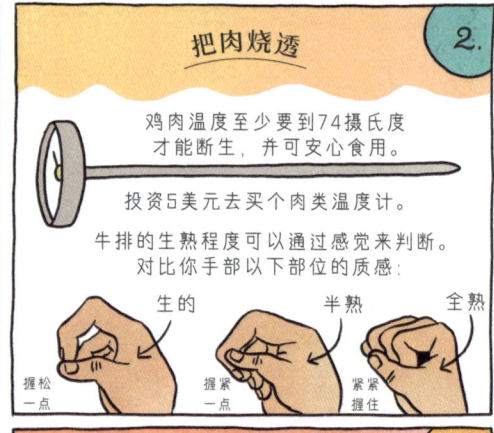

2. 把肉烧透

鸡肉温度至少要到74摄氏度才能断生,并可安心食用。

投资5美元去买个肉类温度计。

牛排的生熟程度可以通过感觉来判断。对比你手部以下部位的质感:

生的 / 半熟 / 全熟
握松一点 / 握紧一点 / 紧紧握住

3. 做一道拿手菜

找一道你能完全掌握的大菜。反复练习直到你掌握要领。

知道如何完美地做一道菜(比如鸡肉),对你学习烹饪其他菜很有帮助。(还会带给你一项专长!)

4. 当你犹豫不定时,就吃百家饭吧

邀请客人分享他们的食物,让他们成为不同菜肴的"所有者",这能让他们深切体会到为他人下厨的成就感。

我虽然谈不上十分享受马克这款美食之作，
但我的确热爱这个过程，
它在我记忆中一直是令人愉快的一餐。

尤其他现在还是个手艺精湛的
大厨，这样一来我可以永远用
这件事嘲笑他。

将金钱和胃口浪费在糟糕的食物上会令人非常
扫兴，但当有人相伴时，这就会变得无足轻重。

吃，通常是一种个人行为，是用你自己独特的
偏好来理解味道……

但也有很多人说，吃是一种社会行为。

它是一种犒赏，即便眼前的食物很糟糕。

SHEPARD (FAIREY) PIE
谢泼德·费尔雷派[1]

在艺术学院的时候，我需要写一份关于街头艺术家谢泼德·费尔雷的论文。

你懂的：

因为我曾经是一个大书呆了，再加上我喜欢谢泼德·费尔雷，所以我很早就写完了我的论文，等到了期末，我是同学中唯一没有被逼疯的人。

耶！

闭嘴

艺术学院的期末考试非常残酷。每个人都行色匆匆，身上沾满了颜料和炭笔灰渍。没人睡觉，而且每个人都吃着他们原本永远不愿去碰的食物……如果他们还有时间吃饭的话。

微波炉 盒饭

直接吃掉大半罐花生酱

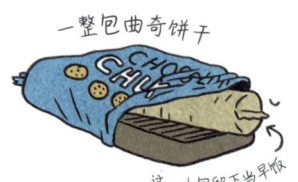

一整包曲奇饼干

这一小包留下当早饭

超多的

功能性饮料

（你还会不小心吃下很多美术用品。）

因此，在这次侥幸逃离这片营养荒原后，我陷入沉思：

我要做些东西给同学们吃。

依旧是满身的颜料和炭笔灰渍

ZZZ 哭

食物意味着快乐、舒适、能量，和 ~偶尔的~ 小恩惠。

---

[1] 谢泼德·费尔雷，美国当代街头艺术家，创立了文化品牌OBEY。"Shepard"一词也有"牧羊人"之意，而牧羊人派则是英国的传统点心。

1. 将素肉与洋葱碎一同放入油中煎炒。

2. 将土豆削皮后煮熟（3~4个大土豆即可）。

3. 将胡萝卜*、小胡瓜和蘑菇切碎。

×3　×1　× 10-20

*先去皮！

4. 把土豆碾成泥（加入人造奶油，保留素食结构，再加入食盐和胡椒）。

我在大学里没有捣碎器……　……因此我用了一把叉子。

5. 烤盘的分层：

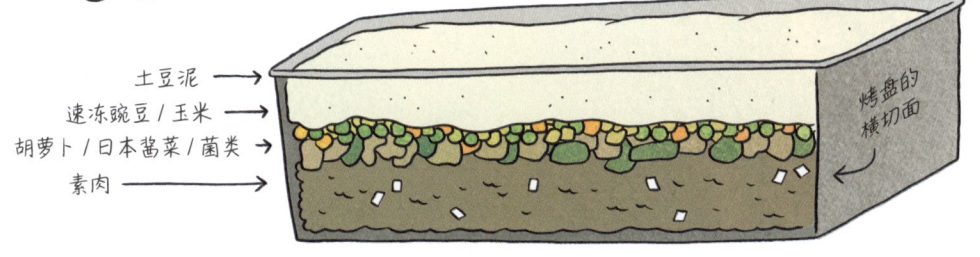

土豆泥 →
速冻豌豆 / 玉米 →
胡萝卜 / 日本酱菜 / 菌类 →
素肉 →

← 烤盘的横切面

6. 烤箱温度调至 204 摄氏度左右并进行烘烤，直到顶部变得有些焦黄和松脆。

7. 待它冷却下来（至少一个小时）。带到班上，接受众人之爱吧。

进阶小贴士1：
比起叉子，这款食品更适合用勺子吃。事先发一封电子邮件，告知所有人带一把勺子和一个碗来上课。

进阶小贴士2：
添加一些牛油果作为蔬菜层会更加美味（相较于我的大学开销来讲，有点太奢侈了）！

第十二章

再见了，分子美食

在芝加哥住了将近八年后,我意识到:我想家了。

我跨越了半个美国来到这里定居、求学。对于远离了爸妈庇护之下的我来讲,食品工业蓬勃发展的芝加哥是个等待我去发掘、创新,且激动人心的城市。

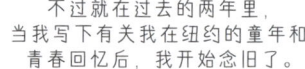

我热爱这座城市,爱它错综复杂的街道社区和蔓生的城市空间,这与我成长的地方是如此不同。

不过就在过去的两年里,当我写下有关我在纽约的童年和青春回忆后,我开始念旧了。

我想去探秘纽约,就像如今我探索芝加哥一样。在那个既新鲜又熟悉的地方,用不同于成年人的视角去审视它。

而且我想念妈妈的厨艺。

在我离开芝加哥前,有许多需要道别的事物……

从厨房回家的路上,我的心里充满敬畏和谦卑。把整个青春投入到饮食业的我,
依旧是个菜鸟,一个在摇滚演唱会后台的追星族。

碰见了令人激动的事情,并知道有可以
分享的人,这种感觉很好。

这些年来,有大量来自不同文化背景的人们,
在积极学着与他人建立联系,
并用新的方式热爱美食。

尤其是在美国,这种事尤为激动人心,因为食物在我们的文化中并非一直占据着主要地位,
但在法国,它就非常重要。

坏习惯或业内的约定俗成，迫使我们中的很多人去重新审视我们与食物的关系，人们开始认定饮食是维系我们身体的一个环节，还将它视为一种庆祝的形式。

我们仍旧是一个年轻的国度，还有待发现新鲜事物，去创造饮食与分享传统。

就像我，依旧只是个年轻女孩，还在不断发现着我为之动容且期盼的，以及我所热爱的事情。

然后满怀激动与好奇，并有滋有味地投入到这些事情中去。

"当他看着罐子上那个孤零零的标签时,
他感觉自己正游走在私密夏日的旧历上,
那时,他看着这个生生不息的世界,
发现自己正身处其中。

罐子上写着'有滋有味'。

为此,他很高兴他曾决定活下去。"

——雷·布拉德伯里,《蒲公英酒》

剧 终

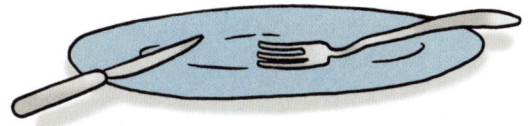

后 记

（我，在厨房里帮忙。）

为了给这本书查资料，
我将我的家庭照片翻了个遍以作参考。
在仔细筛选了奶酪拼盘、馅饼/派、火鸡和腌制用品的照片后，
我发现了一些真人照片混在其中！
因此，我整理了一个和这本书有关的照片小集锦，供您赏读。

在我还是个小婴儿时，就已经花了很多时间待在厨房料理台上。还好妈妈现已退休，不再承办酒席了，不然的话，我敢肯定她会因为我把脚伸进面粉里而涉嫌违反卫生法，并且陷入麻烦。

妈妈制作调味醋

神秘调料架

超大砧板

舅舅彼得开的店是一家可爱的小食品铺子。它是纽约市20世纪80年代早期美食的一个缩影。我喜欢这张他在他的老店里忙碌工作的照片。

恶心

我的朋友德鲁在本书的多个章节中扮演重要角色。他和我是一生的挚友，并且彼此间分享了太多事情。这张照片是我们在共享一枚棉花糖。

这是最近拍的，我们在共享一个厨房。

妈妈是这些故事中真正的明星。她不仅教会了我很多有关食物和烹饪方面的事，还教会我在填饱自己和他人肚子这一举动背后的影响力。这是她正站在我们纽约老房子的厨房里。

我的厨房设备并没有那么精良，但它依旧是超豪华的。我有一整套塑料厨具。我想我有多么崇拜妈妈这件事已经十分显而易见了。

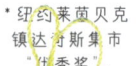
*纽约莱茵贝克镇达奇斯集市"优秀奖"。

在我八岁左右的时候,妈妈和我搬到了乡下。我想念纽约市的中国菜,但我很快被野餐征服了。

最终,我爱上了它。这是我们在集市上,妈妈的梦幻南瓜赢得了梦寐以求的"优秀奖"(基本上只是证明你参加了某项比赛)。坦白说,我认为妈妈的腰包应该获一个时尚奖。

在菜园里帮忙,或者,至少是摆了一个我在菜园里帮忙的造型。

妈妈和我,还有我们养的两只鸡。左边那只是坏小姐,右边那只是啄脚趾。愿它们在臭牌气天堂里安息吧。

妈妈的农贸市场摊位之一。

我在妈妈的农贸市场摊位上帮忙了好几年。在哈德逊山谷附近的市场卖水果、蔬菜、奶酪和鲜花。

这就是我在"帮忙"的照片,明目张胆地吃着我们要卖的蓝莓……

……还有这是我几年后在"帮忙"的照片,明目张胆地在桌子后面看书(这很可能是发生在休息时间),并且把我的眼睛藏在了青少时期的尴尬刘海下面。

一张饱经风霜的老照片,20世纪70年代,妈妈正在整理身前的陈列品,那时她刚开始在"迪恩与德卢卡"工作。

妈妈很酷。
她总是这么酷。

外婆,戴珍珠项链的酸黄瓜秘方拥有者

那时,我妈妈还是个在厨房里玩耍的孩子

追溯这些故事最棒的一点是,它让我看到了那些塑造我们的牵绊——将我自己的人生与那些只会发生在妈妈身上的事件进行比对。

妈妈用美食去指引和感受,并与他人建立联系,而我则用绘画和写作去做同样的事情。

正因如此,我才能顺畅地将这些元素结合在这本书里,并讲述我们的故事——有关烹饪、美食,以及在对美食的热爱中成长的事情,还有那些趣闻和意想不到的巧合。

我希望我能像她一样!

妈妈和爸爸,之后不久他们就搬到了纽约市。
在我出生五年前的爸爸妈妈。此刻我就是在照片上的这个街区里写下的这行字。

裤子不错,老爸。

图书在版编目（CIP）数据

有滋有味：我的厨艺人生 /（美）露西·尼斯利编绘；沈丽凝译. -- 北京：北京联合出版公司，2018.11（2023.4重印）
ISBN 978-7-5596-2490-1

Ⅰ.①有… Ⅱ.①露… ②沈… Ⅲ.①自传体小说—美国—现代 Ⅳ.①I712.45

中国版本图书馆CIP数据核字(2018)第212096号

RELISH: My Life in the Kitchen
By Lucy Knisley
Copyright © 2013 by Lucy Knisley
Published by arrangement with First Second, an imprint of Roaring Brook Press, a division of Holtzbrinck Publishing Holdings Limited.
All rights reserved.
Simplified Chinese translation edition published by Ginkgo (Beijing) Book Co., Ltd.
本书中文简体版权归属于银杏树下（北京）图书有限责任公司。

有滋有味：我的厨艺人生

著　　者：[美]露西·尼斯利
译　　者：沈丽凝
出 品 人：赵红仕
选题策划：后浪出版公司
出版统筹：吴兴元
特约编辑：孙　歌
责任编辑：牛炜征
营销推广：ONEBOOK
封面设计：墨白空间·肖雅

北京联合出版公司出版
（北京市西城区德外大街83号楼9层　100088）
北京盛通印刷股份有限公司　新华书店经销
字数39千字　720毫米×1000毫米　1/16　11印张　插页4
2019年1月第1版　2023年4月第5次印刷
ISBN 978-7-5596-2490-1
定价：56.00元

后浪出版咨询(北京)有限责任公司　版权所有，侵权必究
投诉信箱：copyright@hinabook.com　　fawu@hinabook.com
未经许可，不得以任何方式复制或者抄袭本书部分或全部内容
本书若有印、装质量问题，请与本公司联系调换，电话010-64072833